FAMILY PICTURES

CUADROS DE FAMILIA

PAINTINGS AND STORIES / CUADROS Y RELATOS
CARMEN LOMAS GARZA

Children's Book Press / Editorial Libros para Niños
San Francisco, California

INTRODUCTION

They say every picture tells a story. But the pictures of Carmen Lomas Garza tell many, many stories. And this is a lucky thing, especially if you like to look and take your time looking.

Do you also have a calendar on your kitchen wall? Why does the grandmother take off her shoes when she sits on the porch swing? Maybe you remember a bedspread with little tufts that left your face with dots every time you took a nap.

It's as if it's our turn next to hit the *piñata*. I am certain the room of the sick woman smells sad like cough syrup. At any moment someone is going to yell from the kitchen, "Get in here and help us with these *tamales*!"

I don't know about you, but my feet hurt from waiting for the birthday girl to finally step out of the car and join the *quinceañera* party. The top of my head is hot from walking all day at the fair with my father, because I am my father's favorite, did I tell you?

It's as if we're pressing our face against the window screens and peeking inside our house. These are family pictures. And it doesn't matter if your family is from Kingsville or Cairo, Sarajevo or Katmandu. They are your family's pictures too. Tell me, which one is you?

Sandra Cisneros
San Antonio de Béxar, Texas

INTRODUCCIÓN

Dicen que cada imagen cuenta una historia. Pero las imágenes de Carmen Lomas Garza cuentan muchas, muchísimas historias. Y qué suerte, sobre todo si te gusta observar y tomarte todo el tiempo necesario para hacerlo.

¿Tuviste alguna vez un calendario como éste en la pared de la cocina? ¿Por qué se quita la abuelita los zapatos cuando se sienta en el columpio del porche? Quizás recuerdes una colcha con bolitas peludas que te dejaban la cara marcada cada vez que echabas la siesta.

Es como si nos tocara darle a la piñata. Estoy segura de que el cuarto de la enferma huele triste, como a jarabe para la tos. En cualquier instante alguien va a gritar desde la cocina: —¡Vengan a ayudarnos con los tamales!

No sé si a ti, pero a mí ya me duelen los pies de tanto esperar a que la quinceañera salga del carro y se una a la fiesta. Se me calentó la coronilla de caminar todo el día en la feria con mi papá, porque yo soy la consentida de papá, ¿sabías?

Es como si tuviéramos la cara pegada al mosquitero de la ventana para asomarnos dentro de la casa. Éstos son cuadros de familia. Y no importa si tu familia es de Kingsville o el Cairo, Sarajevo o Katmandú, también son imágenes de tu familia. Dime, ¿cuál de ellos eres tú?

Sandra Cisneros
San Antonio de Béxar, Texas

The Fair in Reynosa

My friends and I once went to a very big fair across the border in Reynosa, Mexico. The fair lasted a whole week. Artisans and entertainers came from all over Mexico. There were lots of booths with food and crafts. This is one little section where everybody is ordering and eating tacos.

I painted a father buying tacos and the rest of the family sitting down at the table. The little girl is the father's favorite and that's why she gets to tag along with him. I can always recognize little girls who are their father's favorites.

La Feria en Reynosa

Una vez, mis amigos y yo fuimos a una feria muy grande en Reynosa, México, al otro lado de la frontera. La feria duró una semana entera. Llegaron artesanos y artistas de todo México. Había muchos puestos donde se vendía comida y artesanías. Ésta es una pequeña parte de la feria donde todos están comprando y comiendo tacos.

Pinté un padre comprando tacos y el resto de la familia sentada a la mesa. La niña pequeña es la preferida de su papá, y por eso es que él le permite que ande siempre con él. Aún hoy, siempre puedo reconocer cuando una niñita es la preferida de su papá.

SODAS
CocaCola
Fresa $5.00 pesos
Limon

CARNE ASADA
Con Tomate
Y
Salsa $12.00 pesos

CARMEN LOMAS GARZA
©1987
La Feria en Reynosa

Oranges

We were always going to my grandparents' house, so whatever
they were involved in we would get involved in. In this picture
my grandmother is hanging up the laundry. We told her that the
oranges needed picking so she said, "Well, go ahead and pick
some." Before she knew it, she had too many oranges to hold
in her hands, so she made a basket out of her apron. That's
my brother up in the tree, picking oranges. The rest of us
are picking up the ones that he dropped on the ground.

Naranjas

Siempre íbamos a la casa de mis abuelos, así que cualquier
cosa que estuvieran haciendo ellos, nosotros la hacíamos
también. En este cuadro, mi abuela está colgando la ropa
a secar. Nosotros le dijimos que las naranjas ya estaban listas
para cortar, y ella nos respondió: —Vayan, pues, recójanlas—.
En un dos por tres, tenía demasiadas naranjas para sostenerlas
en las manos, así que hizo de su delantal una canasta. Ése es
mi hermano en el árbol, recogiendo las naranjas. Y los otros
estamos recogiendo las que él deja caer al suelo.

CARMEN LOMAS GARZA
©1988

FOR DINNER

This is my grandparents' backyard. My grandmother is killing
a chicken for dinner. My grandfather is in the chicken coop,
trying to catch another chicken. Later, my family will sit down
to eat Sunday dinner—chicken soup.

That's me in the blue dress with my younger brother, Arturo.
He was so surprised by the scene that he started to drop his snow
cone. We had never seen anything like that before. I knew my
grandparents had always raised chickens, but I never knew how
the chickens got to be soup.

PARA LA CENA

Éste es el patio de mis abuelos. Mi abuela está matando
una gallina para la cena. Mi abuelo está en el gallinero,
tratando de atrapar otra gallina. Más tarde, mi familia
se sentará a comer la cena el domingo: sopa de pollo.

Ésa vestida de azul soy yo, con mi hermano menor, Arturo.
Él se sorprendió tanto con lo que vio que empezó dejar caer
la raspa. Nunca habíamos visto algo parecido. Yo sabía que
mis abuelos criaban gallinas, pero jamás había sabido cómo
era que las gallinas se convertían en sopa.

CARMEN LOMAS GARZA
©1986

BIRTHDAY PARTY

That's me hitting the *piñata* at my sixth birthday party. It was also my brother Arturo's fourth birthday. My mother threw a big birthday party for us and invited all kinds of friends, cousins, and neighborhood kids.

You can't see the *piñata* when you're trying to hit it, because your eyes are covered with a handkerchief. Here my father is pulling the rope that makes the *piñata* go up and down. He will make sure that everybody has a chance to hit it at least once. Somebody will end up breaking it, and that's when all the candies will fall out and all the kids will run and try to grab them.

CUMPLEAÑOS

Ésa soy yo, pegándole a la piñata en la fiesta que me celebraron cuando cumplí seis años. Era también el cumpleaños de mi hermano Arturo, que cumplía cuatro años. Mi madre nos hizo una gran fiesta e invitó a muchos primos, vecinos y amigos.

No puedes ver la piñata cuando le estás dando con el palo, porque tienes los ojos cubiertos por un pañuelo. Aquí mi padre está tirando de la cuerda que sube y baja la piñata. Él se encargará de que todos tengan por lo menos una oportunidad de pegarle a la piñata. Luego alguien acabará rompiéndola, y entonces todos los dulces que tiene adentro caerán y todos los niños correrán a recogerlos.

CAKEWALK

Cakewalk was a game to raise money to send Mexican Americans to the university. You paid twenty five cents to stand on a number. When the music started, you walked around and around. When the music stopped, whatever number you happened to step on was your number. Then one of the ladies in the center would pick out a number from a can. If you were standing on the winning number, you would win a cake. That's my mother in the center of the circle, in the pink and black dress. My father is serving punch. I'm the little girl in front of the store scribbling on the sidewalk with a twig.

CAKEWALK

Cakewalk era un juego que se hacía para recaudar fondos para darles becas universitarias a jóvenes méxico-americanos. Se pagaba veinticinco centavos para poder pararse sobre un número. Cuando la música empezaba a tocar, todos empezaban a caminar en círculo. Cuando se terminaba la música, el número sobre el cual estabas parado era tu número. Entonces una de las señoras que estaban en el centro del círculo sacaba un número de una lata. Si estabas parado sobre el número de la suerte, ganabas un pastel. Ésa es mi madre en el centro del círculo, vestida de rosado y negro. Mi papá está sirviendo ponche. Yo soy la niñita al frente de la tienda, la que dibuja garabatos en la acera con una ramita.

PICKING NOPAL CACTUS

In the early spring my grandfather would come and get us and we'd all go out into the woods to pick *nopal* cactus. Here, my grandfather and my mother are slicing off the fresh, tender pads of the *nopal* and putting them in boxes. My grandmother and my brother Arturo are pulling leaves from the mesquite tree to line the boxes. After we got home my grandfather would cut off all the needles from each cactus pad. Then my grandmother would parboil the *nopalitos* in hot water. The next morning she would cut them up and stir fry them with chili powder and eggs for breakfast.

PIZCANDO NOPALITOS

Al comienzo de la primavera, mi abuelo venía por nosotros y todos íbamos al bosque a pizcar nopalitos. Aquí, mi abuelo y mi madre están cortando las pencas tiernas del nopal y metiéndolas en cajas. Mi abuela y mi hermano Arturo están recogiendo hojas de mezquite para forrar las cajas. Al regresar a casa, mi abuelo le quitaba las espinas a cada penca de nopal. Más tarde, mi abuela cocinaba los nopalitos en agua hirviente. A la mañana siguiente, los cortaba y los freía con chile y huevos para el desayuno.

14

HAMMERHEAD SHARK

This picture is about the times my family went to Padre Island
in the Gulf of Mexico to go swimming. Once when we got there,
a fisherman had just caught a big hammerhead shark at the end
of the pier. How he got the shark to the beach, I never found out.
It was scary to see because it was big enough to swallow a little
kid whole.

TIBURÓN MARTILLO

Este cuadro trata de las veces en que mi familia fue a nadar a la
Isla del Padre en el Golfo de México. Una vez, al llegar, vimos un
pescador que acababa de atrapar un tiburón martillo en la punta
del muelle. Nunca me enteré de cómo logró llevar el tiburón a la
playa. Daba mucho miedo ver el tiburón, porque era tan grande
que se pudo haber tragado un niño pequeño de un sólo bocado.

RABBIT

My grandfather used to have a garden and also raised chickens and rabbits. In this painting, he is coming into the kitchen with a freshly prepared rabbit for dinner. My grandmother is making *tortillas*. That's my little brother Arturo sitting on the bench. He liked to watch my grandmother cook. And that's my younger sister Margie playing jacks on the floor. I'm watching from my grandparents' bedroom, which is next to the kitchen.

CONEJO

Mi abuelo tenía un jardín, y también criaba pollos y conejos. En este cuadro, está entrando a la cocina con un conejo que acaba de preparar para la cena. Mi abuelita está haciendo tortillas. El que está sentado en la banca es mi hermano Arturo. Le gustaba observar a mi abuela mientras ella cocinaba. Y ésa es Margie, mi hermana menor, que juega *jacks* en el suelo. Yo estoy mirando desde la recámara de mis abuelos, que está al lado de la cocina.

Mary and Joseph
Seeking Shelter at the Inn

On each of the nine nights before Christmas, we act out the story of Mary and Joseph seeking shelter at the inn. We call this custom *Las Posadas*. A little girl and a little boy play Mary and Joseph, and they are led by an angel.

Each night the travelers go to a different house. They knock on the door. When the door opens, they sing, "We are Mary and Joseph looking for shelter." At first the family inside refuses to let them in; then the travelers sing again. At last Joseph and Mary are let into the house. Then everybody comes in and we have a party.

Las Posadas

Durante cada una de las nueve noches antes de Nochebuena, representamos la historia de María y José, que buscan albergue en una posada. Esta costumbre se llama «Las Posadas». Una niñita y un niñito representan a María y a José, y hay un ángel que los guía.

Cada noche, los caminantes van a una casa distinta. Tocan a la puerta. Al abrirse la puerta, cantan: —Somos María y José, que buscamos posada—. Al principio, la familia no los deja entrar, y los caminantes vuelven a cantar. Por fin, dejan entrar a María y José. Todos los siguen y se celebra una fiesta.

Making Tamales

This is a scene from my parents' kitchen. Everybody is
making *tamales*. My grandfather is wearing blue overalls
and a blue shirt. I'm right next to him with my sister Margie.
We're helping to soak the dried leaves from the corn.
My mother is spreading the cornmeal dough on the leaves
and my aunt and uncle are spreading meat on the dough.
My grandmother is lining up the rolled and folded *tamales*
ready for cooking. In some families just the women make
tamales, but in our family everybody helps.

La Tamalada

Ésta es una escena en la cocina de mis padres. Todos están
haciendo tamales. Mi abuelo tiene puestos unos rancheros azules
y una camisa azul. Yo estoy al lado de él, con my hermana Margie.
Estamos ayudando a remojar las hojas secas del maíz. Mi mamá
está poniendo la masa de maíz sobre las hojas, y mis tíos están
poniendo la carne sobre la masa. Mi abuelita está ordenando los
tamales que ya están enrollados, cubiertos y listos para cocer.
En algunas familias sólo las mujeres preparan tamales, pero en
mi familia todos ayudan.

WATERMELON

It was a hot summer evening. The whole family was on the front porch. My grandfather had brought us some watermelons that afternoon. We put them in the refrigerator and let them chill down. After supper we went out to the front porch. My father cut the watermelon and gave each one of us a slice.

It was fun to sit out there. The light was so bright on the porch that you couldn't see beyond the edge of the lit area.
It was like being in our own little world.

SANDÍA

Era una noche calurosa de verano. Toda la familia estaba en el porche. Mi abuelo nos había traído unas sandías esa tarde. Las pusimos en la nevera para enfriarlas. Después de la cena, salimos al porche. Mi padre cortó la sandía y nos dio un pedazo a cada uno.

Era divertido estar sentados allí afuera. La luz del porche era tan fuerte que no se podía ver más allá del espacio que estaba iluminado. Era como estar en un pequeño mundo sólo nuestro.

Quinceañera

Many years ago, as I passed by a church, I happened to see a *quinceañera* celebration—a girl was celebrating her fifteenth birthday. She made a grand entrance in a low-rider car that pulled up very s l o o o o o w l y. She really took her time fixing her hair while all of her fourteen attendants and their escorts waited to enter the church for a special mass. I was amazed that the girls' dresses were hot pink, instead of the usual pale colors worn for a *quinceañera*.

I didn't have a *quinceañera*, even though my parents offered to give me one. It's very expensive to throw such a big party, and I didn't want them to go into debt. But I put myself in this painting as one of the people watching. I'm the little girl in the red skirt at the top of the steps.

Quinceañera

Hace muchos años, mientras pasaba en frente de una iglesia, vi por casualidad que se celebraba una quinceañera—una muchacha cumplía los quince años. Llegó en un *low-rider* bajito que se movía muy des...pa...ci...to. La muchacha se tardaba en arreglarse el pelo, mientras sus catorce damas y sus chambelanes esperaban para entrar a la iglesia, donde se celebraría una misa muy especial. Me sorprendió que los vestidos de las damas fueran de un color rosa brillante, en vez de ser de colores pálidos, como de costumbre.

A mí no me celebraron una quinceañera al cumplir los quince años. Mis padres me ofrecieron una, pero yo les dije que no. Cuesta mucho montar una fiesta así de grande y yo no quise que ellos gastaran tanto. Pero me incluí a mí misma en este cuadro como si hubiera estado observando la escena. Soy la niñita de la falda roja y me puedes ver en el escalón más alto.

HEALER

This is a scene at a neighbor's house. The lady in bed was very sick with the flu. She had already been to a regular doctor and had gotten prescription drugs for her chest cold. But she had also asked a healer, a *curandera*, to do a final cleansing, or healing, for this flu. The *curandera* came over and did the cleansing using branches from the rue plant. She also burned copal incense in a coffee can at the foot of the bed. *Curanderas* know a lot about healing. They are very highly respected.

CURANDERA

Ésta es una escena en la casa de una vecina. La señora que está en la cama estaba muy enferma con influenza. Ya había visto a un doctor y había conseguido una receta médica para los pulmones. Pero también le había pedido a una curandera que le hiciera una limpieza final, o «cura», para su enfermedad. Así que la curandera llegó y le hizo la limpieza, usando ramas de ruda. También quemó incienso de copal en una lata de café al pie de la cama. Las curanderas saben bastante de cómo ayudar a la gente. Por eso las respetan tanto.

Beds for Dreaming

My sister and I used to go up on the roof on summer nights and just stay there and talk about the stars and the constellations. We also talked about the future. From the time I was thirteen, I knew I wanted to be an artist. And all those things that I dreamed of doing as an artist, I'm finally doing now. My mother was the one who inspired me to be an artist. She made up our beds to sleep in and have regular dreams, but she also laid out the bed for our dreams of the future.

Camas para Soñar

Mi hermana y yo subíamos al techo las noches de verano y nos quedábamos allí platicando de las estrellas y las constelaciones. También platicábamos del futuro. Desde la edad de trece años, yo ya sabía que quería ser artista. Y todas las cosas que soñaba hacer como artista, por fin las estoy haciendo ahora. Mi madre fue la que me inspiró a ser artista. Ella nos tendía la cama para que durmiéramos y tuviéramos sueños como todos, pero también nos preparó el lecho de nuestros sueños del futuro.

Gracias to Carmen Lomas Garza for sharing her family and community, for letting us enter the homes and traditions of South Texas. For fifteen years, I've enjoyed sharing this visual memoir with adults and children. Readers of all ages revel in its community rhythms and customs, and in the Latino values of family closeness and respect for the elderly and young alike.

Carmen's art offers us pleasure and affirmation. Like artists around the world, she documents and salutes her people. Luckily, the publication of *Family Pictures* has made her artwork available to adults and children at our libraries, schools, and in our homes.

As a *quinceañera*, a young woman must set a positive example for her community. Certainly, Carmen has done that for nearly a generation of writers, artists, and readers. Birthdays are a time for gratitude, for honoring a life. May each of us who holds this book not only study, enjoy, and celebrate its images and words, but also celebrate the splendid artist, Carmen Lomas Garza.

—Pat Mora
Santa Fe, NM

THE PICTURES IN THIS BOOK

are painted from my memories of growing up in Kingsville, Texas, near the border with Mexico. From the time I was a young girl, I always dreamed of becoming an artist. I practiced drawing every day; I studied art in school; and I finally did become an artist. My family has inspired and encouraged me for all these years. This is my book of family pictures.

For my parents, Maria Lomas Garza and Mucio Barrera Garza; my grandparents, Antonio Lomas and Elisa Medina Lomas; and my brothers and sisters: Mucio Junior ("Nune"), Arturo ("Tudi"), Margarita ("Margie"), and Mary Jane; with love from Carmen ("Lala").

Para mis padres, María Lomas Garza y Mucio Barrera Garza; mis abuelos, Antonio Lomas y Elisa Medina Lomas; y mis hermanos: Mucio Junior ("Nune"), Arturo ("Tudi"), Margarita ("Margie") y Mary Jane; con cariño de Carmen ("Lala").

CARMEN LOMAS GARZA is one of the most prominent Mexican American painters working today. Born and raised in Texas, she now lives in San Francisco, California. Her paintings have traveled all over the United States and Mexico in numerous exhibitions. In making the paintings you see in this book, she used a variety of material oil on canvas, acrylic on canvas, and gouache on arches paper The text is the result of a close collaboration between Carme and editor Harriet Rohmer, who interviewed Carmen about her paintings and then prepared the manuscript of the origin edition with the help of David Schecter.

Managing Editor: Dana Goldberg
Design & Production: Dana Goldberg
Spanish translation: Rosalma Zubizarreta
Spanish translation of introduction: Liliana Valenzuela
Special thanks to Sandra Cisneros, Pat Mora, Liliana Valenzuela, Susan Bergholz, Stuart Bernstein, Laura Chastain, Patricia Kelly, Jeanette Larson, Katherine Tillotson, and the staff of CBP.

Distributed to the book trade by Publishers Group West. Quantity discoun are available through the publisher for educational and nonprofit use.

Printed in Hong Kong through Marwin Productions
10 9 8 7 6 5 4 3 2 1

CHILDREN'S BOOK PRESS is a nonprofit publisher of multicultural and bilingual picture books. To request a free catalog, write to us at:
Children's Book Press
2211 Mission Street
San Francisco, CA 94110
Visit us on the web at:
www.childrensbookpress.org

Library of Congress Cataloging-in-Publication Data
Lomas Garza, Carmen.
   Family pictures = Cuadros de familia / paintings and stories by = cuadros y relatos de Carmen Lomas Garza: as told to = relatado a Harriet Rohmer: introduction by = introducción por Sandra Cisneros.
   Summary: The author describes, in bilingual text and illustrations, her experiences growing up in a Hispanic community in Texas.
   ISBN 0-89239-207-X (paperback)
   1. Hispanic Americans—Families—Juvenile literature. 2. Hispanic Americans—Social life and customs—Juvenile literature. 3. Hispanic Americans—Texas—Kingsville—Families—Juvenile literature. 4. Hispanic Americans—Texas—Kingsville—Social life and customs—Juvenile literature 5. Kingsville (Tex.)—Social life and customs—Juvenile literature. [1. Hispanic Americans—Social life and customs.
   2. Spanish language materials—Bilingual.] I. Rohmer, Harriet. II. Cisneros, Sandra. III. Title. IV. Title: Cuadros de familia.